AF309523

cun trouble ou empêchement. Voulons qu'à
la copie des Présentes qui sera imprimée
tout au long au commencement ou à la fin
desdites Comedies fui soit ajoutée comme à
l'original. Commandons au premier notre-
Huissier ou sergent sur ce requis de faire
pour l'exécution d'icelles tous actes requis
& nécessaires, sans demander d'autre permission, & nonobstant clameur de haro, char-
te Normande, & Lettres à ce contraire;
CAR tel est notre plaisir. Donné à Versailles
le vingt-troisieme jour du mois de Décem-
bre, l'an de grace mil sept cens quarente-six,
& de notre Regne le trente-deuxiéme.
Par le Roi en son Conseil.

Signé SAINSON.

*Registré sur le Registre de la Commu-
nauté Royale & Syndicale des Libraires & Imprimeurs de Paris, No. Fol. con-
formément aux anciens Reglemens confirmés
par celui du 28 Février 1743. A Paris le
Janvier 1747.*

signé G. CAVELIER, pere, Syndic.

LE TRIOMPHE DE PLUTUS,

COMEDIE.

Repreſentée pour la premiere fois par les
Comédiens Italiens Ordinaires du
Roi le 22. Avril 1728.

A PARIS,

Chez PRAULT, pere, Quay de Geſvres,
au Paradis.

M. DCC. XXXIX.

Avec Approbation & Privilege du Roy.

LE
TRIOMPHE
DE PLUTUS,
COMEDIE,

ACTEURS.

APPOLLON , fous le nom d'Ergafte.

PLUTUS , fous le nom de Richard.

ARMIDAS , Oncle d'Aminte.

AMINTE , Maîtreffe d'Apollon &
de Plutus.

ARLEQUIN , Valet d'Ergafte.

SPINETTE , Suivante d'Aminte.

UN MUSICIEN , & fa fuite.

La Scène eft dans la Maifon d'Armidas.

LE
TRIOMPHE
DE PLUTUS,
COMEDIE.

***

SCENE PREMIERE.

PLUTUS *seul.*

'APPERÇOIS Apollon, il eſt deſcendu dans ces lieux pour y faire ſa cour à ſa nouvelle Maîtreſſe. Je m'aviſai l'autre jour de lui dire que je voulois en avoir une ; Monſieur le blondin me railla fort, il me défia d'en être aimé, me traita comme un imbecille, & je viens ici exprès pour ſouſler la ſienne. Il ne ſe doute de rien,

nous allons voir beau jeu. Cet Aigrefin de
Dieu qui veut tenir contre Plutus ? contre le
Dieu des Tresors. Chut ?... le voilà; ne faisons
semblant de rien.

SCENE II.

PLUTUS, APOLLON.

APOLLON.

Que vois-je ! Je crois que c'est Plutus
déguisé en Financier. Venez donc que
je vous embrasse.

PLUTUS.

Bon jour, bon jour Seigneur Apollon.

APOLLON.

Peut-on vous demander ce que vous venez
faire ici ?

PLUTUS.

J'y viens faire l'amour à une fille.

APOLLON.

C'est-à-dire, pour parler d'une façon plus
convenable, que vous y ayez une inclination ?

PLUTUS.

Une fille ou un inclination, n'est-ce pas
la même chose ?

APOLLON.

Aparamment que la petite conteſtation que nous avons eu l'autre jour vous a piqué ; vous n'en voulez pas avoir le démenti , c'eſt fort bien fait. Eh, dites-moi , votre Maîtreſſe eſt-elle aimable ?

PLUTUS.

C'eſt un morceau à croquer ; je l'ai vûë l'autre jour en traverſant les airs, & je veux lui en dire deux mots.

APOLLON.

Ecoutez, Seigneur Plutus , ſi elle a l'eſprit délicat , je ne ne vous conſeille pas de vous ſervir avec elle d'expreſſions ſi maſſives ; *un morceau à croquer , lui en dire deux mots,* ce ſtile de Doüanier la rebuteroit.

PLUTUS.

Bon , bon , vous voilà toujours avec votre eſprit pindariſé ; je parle net & clair, & outre cela mes ducats ont un ſtile qui vaut biencelui de l'Académie. Entendez-vous ?

APOLLON.

Ah ! je ne ſongeois pas à vos ducats ; ce ſont effectivement de grands Orateurs.

PLUTUS.

Et qui épargnent bien des fleurs de Rétho-rique.

APOLLON.

Je connois pourtant des femmes qu'ils ne perſuaderont pas , & je viens, comme vous,

voir ici une jolie personne auprès de qui je
soupçonne que je ne ferois rien si je n'avois
pas cette ressource ; votre Maîtresse sera
peut-être de même.

PLUTUS.

Qu'elle soit comme elle voudra , je ne
m'embarrasse point ; avec de l'argent j'ai tout
ce qu'il me faut ; mais qu'est-ce que votre
Maîtresse à vous ? Est-elle veuve , fille , &
cetera ?

APOLLON.

C'est une fille.

PLUTUS.

La mienne aussi.

APOLLON.

La mienne est sous la direction d'un oncle qui cherche à la marier ; elle est assez
riche , & il lui veut un bon parti.

PLUTUS.

Oh , oh , c'est-là l'Histoire de ma petite
Brune , elle est aussi chez un oncle qui s'appelle Armidas.

APOLLON.

C'est cela même. Nous aimons donc en
même lieu , Seigneur Plutus ?

PLUTUS.

Ma foi j'en suis fâché pour vous.

APOLLON.

Ah , ah , ah.

PLUTUS.

Vous riez, Monſieur le faiſeur de Madri-
gaux , déguiſé en Muget ; vous vous mo-
quez de moi à cauſe de votre bel eſprit & de
vos cheveux blonds.

APOLLON.

Franchement vous n'êtes pas fait pour me
diſputer un cœur.

PLUTUS.

Parce que je ſuis fait pour l'emporter
d'emblée.

APOLLON.

Nous verrons , nous verrons ; j'ai une petite choſe à vous dire : c'eſt que votre Belle ,
je la connois , je lui ai déja parlé , & ſans
vanité elle eſt dans d'aſſez bonnes diſpoſi-
tions pour nous.

PLUTUS.

Qu'eſt-ce que cela me fait à moi, j'ai un
écrain plein de bijoux qui ſe moque de
toutes ces diſpoſitions-là ; laiſſez-moi faire.

APOLLON.

Je ne vous crains point , mon cher Rival ; mais vous ſçavez que voici où loge la
belle, j'en vois ſortir ſa femme de chambre,
je vais l'aborder ; je ne me ſuis déguiſé que
pour cela. Vous pouvez ici reſter ſi vous voulez , & lui parler à votre tour : vous voyez
bien que je ſuis de bonne compoſition quand
je ne vois point de danger.

PLUTUS.

Bon , je le veux bien , abordez, j'irai mon
train ; & vous le vôtre.

SCENE III.

SPINETTE, PLUTUS, APOLLON.

APOLLON.

BOn jour , ma chere Spinette , comment
se porte ta Maîtresse ?

SPINETTE.

Je suis charmée de vous voir de retour ;
Monsieur Ergaste ; pendant votre absence
je vous ai rendu auprés de ma Maîtresse tous
les petits services qui dépendoient de moi.

APOLLON.

Je n'en serai point ingrat , & je t'en té-
moignerai ma reconnoissance.

SPINETTE.

J'ai crû que vous disiez que vous alliez
me la témoigner.

PLUTUS.

Eh , donnez-lui quelque Madrigal.

APOLLON.

Tu ne perdras rien pour attendre , Spinette , je suis né généreux.

SPINETTE.

Vous me l'avez toujours dit : mais, Monsieur, est-ce que vous allez voir Mademoiselle Aminte avec Monsieur que voilà ?

APOLLON.

C'est un de mes amis qui m'a suivi, &
dont je veux donner la connoissance à Armidas, l'oncle d'Aminte.

PLUTUS.

Oui, on m'a dit que c'étoit un si honnête
homme, & j'aime tous les honnêtes gens,
moi.

SPINETTE.

C'est fort bien fait, Monsieur. (*à Apol-*
lon.) Votre amis a l'air bien épais.

APOLLON.

Cela passe l'air ; mais je te quitte, Spinette, mon impatience ne me permet pas
de differer davantage d'entrer. Venez, Monsieur.

PLUTUS.

Allez toujours m'annoncer ; je serois bien
aise de causer un moment avec ce joli en-
fant-ci, vous viendrez me reprendre.

APOLLON.

Soit, vous êtes le Maître.

SCENE IV.

SPINETTE, PLUTUS.

SPINETTE.

PEut-on vous demander, Monsieur, ce que vous me voulez?

PLUTUS.

Je ne te veux que du bien.

SPINETTE.

Tout le monde m'en veut, mais personne ne m'en fait.

PLUTUS.

Oh! ce n'est pas de même, je ne m'appelle pas Ergaste moi, j'ai nom Richard, & je suis bien nommé; en voilà la preuve. (*Il lui donne une bourse.*)

SPINETTE.

Ah! que cette preuve-là est claire! Elle est d'une force qui m'étourdit.

PLUTUS.

Prens, prens; si ce n'est pas assez d'une preuve, je ne suis pas en peine d'en donner deux, & même trois.

SPINETTE.

Vous êtes bien le Maître de prouver tant qu'il vous plaira; & s'il ne s'agit que de douter du fait , je douterai de refte.

PLUTUS.

Voilà pour le doute qui te prend. (*Il lui donne une bague.*)

SPINETTE.

Monfieur , muniffez-vous encore pour le doute qui me prendra.

PLUTUS.

Tu n'as qu'à parler ; mais c'eft à condition que tu feras de mes amies.

SPINETTE *à part.*

Quel homme eft-ce donc que cela ? (*haut*) Monfieur, vous demandez à être de mes amis, comment l'entendez – vous ? Eft-ce amourette que vous voulez dire ? La propofition ne feroit point de mon goût , & je fuis fille d'honneur.

PLUTUS.

Oh ! garde ton honneur , ce n'eft pas-là ma fantaifie.

SPINETTE.

Ah ! .... Votre fantaifie feroit un affez bon goût. Mais qu'exigez-vous donc ?

PLUTUS.

C'eft que j'aime ta Maîtreffe ; je fuis un riche , un richiffime Négociant à qui l'or & l'argent ne coutent rien , & je voudrois bien n'aimer pas tout feul.

SPINETTE.

Effectivement , ce feroit dommage , &

vous méritez bien compagnie : mais la chose
est un peu difficile, voyez - vous, ma Maîtresse a aussi un honneur à garder.

PLUTUS.

Mais cela n'empêche pas qu'on ne s'aime.

SPINETTE.

Cela est vrai, quand c'est dans de bonnes
vûës ; mais les vôtres n'ont pas l'air d'être
bien régulieres. Si vous demandiez à vous en
faire aimer pour l'épouser, riche comme vous
êtes, & de la meilleure pâte d'homme qu'il
y ait, à ce qu'il me paroît, je ne doute pas
que vous ne vinssiez à bout de votre projet,
avec mes soins, à condition que les preuves
iront leur chemin quand j'en aurai besoin.

PLUTUS.

Tant que tu voudras.

SPINETTE *à part.*

Oh ! quel homme ! (*haut*) Oh ça, est-ce
que vous voudriez épouser ma Maîtresse ?

PLUTUS.

Oui-da, je ferai tout ce qu'on voudra,
moi.

SPINETTE.

Fort bien, je vous fers de bon cœur à ce
prix là : mais Monsieur Ergaste votre ami
avec qui vous êtes venu, est amoureux d'A-
minte, & je crois même qu'il ne lui déplaît
pas ; il parle de mariage aussi, il est d'une
figure assez aimable, beaucoup d'esprit, &
il faudra lutter contre tout cela.

PLUTUS.

Et moi je fuis riche, cela vaut mieux que tout ce qu'il a ; car je t'avertis qu'il n'a pour tout vaillant que fa figure.

SPINETTE.

Je le crois comme vous ; car il ne m'a jamais rien prouvé que le talent qu'il a de promettre. Armidas a pourtant de l'amitié pour lui, mais Armidas eft intéreffé, & vos richeffes pourront l'éblouir. Ergafte au refte fe dit un Gentilhomme à fon aife, & fous ce titre, il fait fon chemin tant qu'il peut dans le cœur de ma Maîtreffe, qui eft un peu précieufe, & qui l'écoute à caufe de fon efprit.

PLUTUS.

Aime-t-elle la dépenfe, ta Maîtreffe ?

SPINETTE,

Beaucoup.

PLUTUS.

Nous la tenons, Spinette, ne t'embarraffe pas ; vante-moi feulement auprès d'elle, je lui donnerai tout ce qu'elle voudra, elle n'aura qu'à fouhaiter ; d'ailleurs je ne me trouve pas fi mal fait, moi, on peut paffer avec mon air ; & pour mon vifage, il y en a de pires ; j'ai l'humeur franche & fans façon. Dis-lui tout cela ; dis-lui encore que mon or & mon argent font toujours beaux : cela ne prend point de rides ; un loüis d'or

de quatre-vingt ans eſt tout auſſi beau qu'un
louis d'or d'un jour , & cela eſt conſidéra-
ble d'être toujours jeune du côté du coffre
fort.

SPINETTE.

Malpeſte , la belle riante jeuneſſe ! Allez,
allez , je ſerai votre cour. Tenez , moi , d'a-
bord , en vous voyant , je vous trouvois la
phiſionomie aſſez commune , & l'eſprit à l'a-
venant; mais depuis que je vous connois vous
êtes tout un autre homme ; vous me paroiſ-
ſez preſqu'aimable , & dès demain je vous
trouverai charmant , du moins il ne tiendra
qu'à vous.

PLUTUS.

Oh j'aurai des charmes , je t'en aſſûre; je
te ferai ta fortune , mais une fortune qui ſe-
ra bien nourrie , tu verras , tu verras.

SPINETTE.

Mais ſi cela continue , vous allez devenir
un Narciſſe.

PLUTUS.

Quelqu'un vient à nous , qui eſt-ce?

SPINETTE.

Ah ! c'eſt Arlequin , valet de Monſieur
Ergaſte.

SCENE V.

ARLEQUIN, SPINETTE, PLUTUS.

ARLEQUIN.

BOn jour, Spinette, comment te porte-tu? Je suis bien aise de te revoir. Mon Maître est-il arrivé?

SPINETTE.

Oui, il est au logis.

PLUTUS.

Bon jour mon garçon.

ARLEQUIN.

Que le Ciel vous le rende. Voilà un galant homme qui me salue sans me connoître.

SPINETTE.

Oh! le plus galant homme qu'on puisse trouver, je t'en assûre.

PLUTUS.

Eh bien, mon fils, tu sers donc Ergaste?

ARLEQUIN.

Hélas! oui, Monsieur, je le sers par amitié, faut dire, car ce n'est pas pour ma fortune.

PLUTUS.

Est-ce que tu n'es pas grassement chez lui?

ARLEQUIN.

Non, je suis aussi maigre qu'il étoit quand
il m'a pris.

PLUTUS.

Et tes gages sont-ils bons?

ARLEQUIN.

Bons ou mauvais, je ne les ai pas encore
vûs. Cependant tous les jours je demande à
en avoir un petit échantillon : mais à vous
parler franchement, je crois que mon Maître n'a ni l'échantillon ni la piéce.

SPINETTE.

Je suis de son avis.

PLUTUS.

As-tu besoin d'argent?

ARLEQUIN.

Oh, besoin, depuis que je suis au monde
je n'ai que ce besoin-là.

PLUTUS.

Tu me touches, tu as la phisionomie d'un
bon enfant : Tiens, voilà de quoi boire à
ma santé.

ARLEQUIN.

Mais, Monsieur, cela me confond ; suis-
je bien réveillé ? Dix louis d'or pour boire
à votre santé ! Spinette, fait-il jour ? N'est-ce
pas un réve ?

SPINETTE.

Non, Monsieur m'a déja fait rêver de
même.

ARLEQUIN.

ARLEQUIN.

Voilà un rêve qui me menera réellement
au Cabaret.

PLUTUS.

Je veux que tu fois de mes amis aussi.

ARLEQUIN.

Pardi quand vous ne le voudriez pas, je
ne sçaurois m'en empêcher.

PLUTUS.

J'aime la Maîtresse d'Ergaste.

ARLEQUIN.

Mademoiselle Aminte?

PLUTUS.

Oüi, Spinette m'a promis de me servir
auprès d'elle, & je serai bien aise que tu en
sois de moitié.

ARLEQUIN.

Ne vous embarrassez pas.

PLUTUS.

Si Ergaste ne te paye pas tes gages, je te
les payerai, moi.

ARLEQUIN.

Vous pouvez en toute sureté m'en avancer le premier quartier, aussi bien y a-t-il
long temps qu'il me l'a promis.

SPINETTE.

Tu n'es pas honteux, à ce que je vois.

ARLEQUIN.

Ce seroit bien dommage, Monsieur est
si bon.

PLUTUS.

Tiens, je ne compte pas avec toi, je te
paye à mon taux.

ARLEQUIN.

Et moi je ne regarde pas après vous, je
suis sûr d'avoir mon compte. Que voilà un
honnête Gentilhomme ! Oh, Monsieur, vos
manieres sont inimitables !

SPINETTE.

Doucement, voici l'oncle de Mademoiselle Aminte qui va nous aborder. Monsieur,
faites-lui votre compliment.

SCENE VI.

ARMIDAS, PLUTUS, SPINETTE, ARLEQUIN.

ARMIDAS.

AH ! te voilà, Arlequin, est-ce que ton
Maître est arrivé ?

ARLEQUIN.

On dit que oui, Monsieur ; car je ne fais
que d'arriver moi-même. Je m'étois arrêté
dans un Village pour m'y rafraîchir ; &
comme il fait extrêmement chaud, vous
me permettrez d'en aller faire autant dans
l'Office

ARMIDAS.
Tu es le Maître.
PLUTUS.
Monſieur, Spinette m'a dit que vous vous
appellez Monſieur Armidas.
ARMIDAS.
Oui, Monſieur ; que vous plaît-il de
moi ?
PLUTUS.
C'eſt que ſi mon amitié pouvoit vous accommoder, la vôtre me conviendroit on ne
peut pas mieux.
ARMIDAS.
Monſieur, vous me faites bien de l'honneur ; le compliment eſt ſingulier.
PLUTUS.
J'y vais rondement, comme vous voyez :
mais franchiſe vaut mieux que politeſſe ;
n'eſt-ce pas ?
ARMIDAS.
Monſieur, mon amitié eſt dûë à tous les
honnêtes gens, & quand j'aurai l'honneur
de vous connoître ....
SPINETTE.
Tenez, dans les complimens on s'em-
brouille, & il y a mille honnêtes gens qui
n'en ſçavent point faire. Monſieur me paroît
de ce nombre. Voyez de quoi il s'agit ; Monſieur eſt amis du Seigneur Ergaſte, ils vien-
nent d'arriver enſemble, Monſieur Ergaſte

eſt au logis, je vous laiſſe. (*Elle s'en va.*)

PLUTUS.

Et je m'amuſois , en attendant , à demander de vos nouvelles à cet enfant.

ARMIDAS.

Monſieur , vous ne pouviez manquer
d'être bien venu ſous les auſpices de Monſieur Ergaſte , que j'eſtime beaucoup. Je ſuis
fâché de n'être pas venu plûtôt ; mais j'ai
été occupé d'une affaire que je voulois finir.

PLUTUS.

Ah ! pour une affaire ; voulez-vous bien
me la dire ? C'eſt que j'ai des expediens pour
les affaires , moi.

ARMIDAS.

Eh bien , Monſieur , c'eſt une terre que
j'ai aſſez éloignée d'ici, qui n'eſt pas à ma
bienſéance , & que je voudrois vendre. J'ai
deſſein de marier ma Niéce près de moi , &
je lui donnerai en mariage le provenu de la
vente. Elle eſt de vingt mille écus ; mais la
perſonne qui la marchande ne veut m'en
donner que quinze, & nous ne ſçaurions nous
accommoder.

PLUTUS.

Touchez-là, Monſieur Armidas.

ARMIDAS.

Comment !

PLUTUS.

Touchez-là.

ARMIDAS.

Que voulez-vous dire ?

PLUTUS.

La terre est à moi, & l'argent à vous, je vais vous la payer.

ARMIDAS.

Mais, Monsieur, j'ai peine à vous la vendre de cette maniere, vous ne l'avez pas vûë, & vous n'aimeriez peut-être pas le Pays où elle est.

PLUTUS.

Point du tout, j'aime tous les Pays, moi : n'est-ce pas des arbres & des campagnes par-tout ?

ARMIDAS.

Je vous en donnerai le plan si vous voulez.

PLUTUS.

Je ne m'y connois pas ; il suffit, c'est une terre : je ne l'ai point vûë, mais je vous vois ; vous avez la phisionomie d'un honnête homme, & votre terre vous ressemble.

ARMIDAS.

Puisque vous le voulez, Monsieur, j'y consens.

PLUTUS.

Tenez, connoissez-vous ce billet-là, & la signature ?

ARMIDAS.

Oh, Monſieur, cela eſt excellent, je vous
ſuis entierement obligé.

PLUTUS.

Ah ça, ſi le marché ne vous plaît pas demain, je vous la revendrai, moi, & je vous
ferai crédit, afin que cela ne vous incom-
mode point.

ARMIDAS.

Vous me comblez d'honnêtetés, Monſieur, je ne ſçai comment les reconnoître.

PLUTUS.

Oh que ſi, vous les reconnoîtriez ſi vous
vouliez.

ARMIDAS

Dites-m'en les moyens.

PLUTUS.

Votre Niéce eſt bien jolie, Monſieur
Armidas.

ARMIDAS.

Eh bien, Monſieur ?

PLUTUS.

Eh bien, troquons ; reprenez la terre
gratis, & je prends la Niéce ſur le même
pied.

ARMIDAS.

Vous l'avez donc vûë, ma Niéce, Monſieur ?

PLUTUS.

Oui, il y a quelques mois que paſſant

par ici, j'apperçus une moitié de visage qui
me fit grand plaisir. Je m'en suis toujours
ressouvenu J'ai demandé qui c'étoit. On me
dit que c'étoit Mademoiselle Aminte, Niéce
d'un homme de bien, nommé Monsieur
Armidas. Parbleu, dis-je en moi-même, ce.
visage-là tout entier doit être bien aimable.
Je fis dessein de l'avoir à moi. Ergaste, mon
ami, me dit quelques jours après qu'il venoit
ici, je l'ai suivi pour le supplanter; car il aime
aussi votre Niéce, & je ne m'en soucie guére si
nous sommes d'accord; c'est mon ami, mais
je n'y sçaurois que faire, l'amour se moque
de l'amitié, & moi aussi; je suis trop franc
pour être scrupuleux.

ARMIDAS.

Il est vrai, Monsieur, qu'Ergaste me paroît rechercher ma Niéce.

PLUTUS.

Bon, bon, la voilà bien lottie, la pauvre fille.

ARMIDAS.

Il se dit Gentilhomme assez accommodé,
& il parle de s'établir ici: Il est d'ailleurs
homme de mérite.

PLUTUS.

Homme de mérite, lui! Il n'a pas le
sol.

ARMIDAS.

Si cela est, c'est un grand défaut, & je

suis bien aise que vous m'avertissiez. Mais, Monsieur, peut-on vous demander de quelle profession vous êtes ?

PLUTUS.

Moi ? J'ai des millions de pere en fils, voilà mon principal mêtier ; & par amusement je fais un gros commerce, qui me rapporte des sommes considérables, & tout cela pour me divertir, comme je vous dis. Ce gain - là sera pour les menus plaisirs de ma femme. Au reste, je prouverai sur table au moins. Voilà ce qu'on appelle avoir du mérite, de l'esprit & de la taille, qui ne manquent pourtant pas ni l'un ni l'autre. Est-ce que si vous étiez fille à marier, ma figure romproit le marché ? On voit bien que je fais bonne chere ; mon embonpoint fait l'éloge de ma table. Vraiment, si j'épouse Mademoiselle Aminte, je prétends bien que dans six mois vous soyez plus en chair que vous n'êtes. Voilà un menton qui triplera sur ma parole, & puis du ventre !...

ARMIDAS.

Votre humeur me convient à merveille.

PLUTUS.

Elle est aussi commode que ma fortune.

ARMIDAS.

Et je parlerai à ma Niéce, je vous assûre ; je suis sûr qu'elle se conformera à mes volontés.

PLUTUS.

PLUTUS.

Pardi, un homme comme moi c'eſt un tréſor.

ARMIDAS.

La voilà qui vient ; ſi vous le voulez bien, après le premier compliment, vous nous laiſſerez un moment enſemble, & vous irez vous rafraîchir chez moi en attendant.

SCENE VII.

ARMIDAS, PLUTUS, AMINTE, SPINETTE.

ARMIDAS.

MA Niéce, où eſt donc le Seigneur Ergaſte ?

AMINTE.

Il s'eſt enfermé dans une chambre pour compoſer un divertiſſement qu'il veut me donner en muſique.

PLUTUS.

Oh, pour de la muſique, Mademoiſelle, il vous en apprendra tant, que vous pourrez la montrer vous-même.

AMINTE.

Ce n'eſt pas l'uſage que j'en voux faire. Mais, Monſieur n'eſt-il pas la perſonne qu'Ergaste a amené avec lui ? Il reſſemble au portrait qu'il m'en a fait.

ARMIDAS.

Oui, ma Niéce, Monſieur eſt un galant homme, qui depuis le peu de temps que je le connois, m'a déjà donné pour lui un eſtime toute particuliere.

PLUTUS.

Oh, point du tout, je ne ſuis qu'un bon homme, mais j'ai de bons yeux, je me connois en beautés, & je déclare tout net que Mademoiſelle en eſt une. Voilà mes galanteries, à moi, je ne ſçai point chercher mes phraſes, Mademoiſelle : vous êtes belle comme un aſtre, & le tout ſans compliment.

AMINTE.

La comparaiſon eſt forte quoiqu'ordinaire.

PLUTUS.

Ma foi je vous la donne comme elle m'eſt venuë.

ARMIDAS.

Paſſons, paſſons. Ma Niéce, je vous prie de regarder Monſieur comme mon ami, & comme le meilleur que j'aye encore trouvé.

AMINTE.

Je vous obéïrai, mon cher oncle,

SPINETTE.

Allez, allez, quand Mademoiselle connoîtra bien Monsieur, on n'aura que faire de lui recommander.

PLUTUS.

Oh, cela est vrai, on m'aime toujours quand on me connoît bien. Elle n'a pas goûté ma comparaison ; une autre fois je l'attraperai mieux. Il ne tient qu'à moi, par exemple, de vous comparer à Venus ; aimez-vous mieux celle - la ? Vous n'avez qu'à choisir. Je ne serois pas pourtant bien aise que vous lui ressemblassiez tout-à-fait, la bonne Dame a un mari dont je ne voudrois pas être la copie.

ARMIDAS.

Monsieur, ma Niéce...

PLUTUS.

Ce que j'en dis n'est que pour plaisanter. Mais à propos, Ergaste fait des vers à votre louange, & moi il faut bien aussi que je vous imagine quelque chose ; je vous quitte pour y rêver. Notre oncle, je me recommande à vous, allez droit en besogne.

SCENE VIII.

ARMIDAS, SPINETTE; AMINTE.

AMINTE.

VOudriez-vous bien , Monfieur , me dire pourquoi cet homme-là vous plaît tant ; ce qui a pû vous le rendre fi eftimable en un quart-d'heure. Pour moi , je le trouve fi ridicule , qu'il m'en paroît original.

SPINETTE.

Pour original , vous avez raifon, je ne crois pas même qu'il ait de copie.

ARMIDAS.

Ma Niéce, cet homme que vous trouvez fi ridicule , encore une fois, je ne puis l'eftimer affez.

SPINETTE.

Faut-il vous dire tout ? Il vous a déja vûë en paffant par ici , il vous aime ; il n'eft revenu que pour vous revoir. Sçavez vous bien par où il a débuté avec moi afin de m'intéreffer à fon amour ? Tenez , que dites-vous de cette bague-là ?

AMINTE.

Comment ! elle eft fort jolie. D'où cela ce vient-il ?

ARMIDAS.

Gageons qu'il te l'a donnée ?

SPINETTE.

De la meilleure grace du monde.

AMINTE.

Sur ce pied-là je l'avoue , on ne sçauroit lui disputer le titre d'homme généreux & magnifique.

ARMIDAS.

Sçais-tu bien , ma Niéce , que Monsieur Richard fait un commerce étonnant qui lui procure des biens immenses : devine à quoi il destine ce gain ?

AMINTE.

Quoi ! à bâtir ?

ARMIDAS.

A tes menus plaisirs.

AMINTE.

Il faut tomber d'accord que vous me contez-là des especes de fables.

ARMIDAS.

Tu ne sçais pas ; j'ai vendu cette terre dont je destinois l'argent pour te marier.

AMINTE.

Est-ce que vous ne le voulez plus , mon cher oncle ?

ARMIDAS.

Bon , il est bien question de cela. C'est Monsieur Richard qui a acheté la terre sans l'avoir vûë , sur ma parole, au prix que je de-

mandois, sans hésiter. Tenez, m'a-t-il dit;
vous voilà payé. En effet, voici des billets
que j'en ai reçûs.

AMINTE.

Ah! quel dommage qu'un homme d'une
si brillante fortune soit si rustique!

ARMIDAS.

Lui, rustique!

SPINETTE.

Monsieur Richard rustique!

AMINTE.

Ah! vous conviendrez qu'il n'a pas d'esprit, & qu'il est d'une figure épaisse.

SPINETTE.

C'est une épaisseur qui ne vient que d'embonpoint.

ARMIDAS.

Allons, allons, Ergaste disparoît au prix
de cela, sans compter qu'il a le caractere un
peu gascon.

AMINTE.

Mais, mon oncle, le Rival que vous lui
substituez est bien grossier: cela m'arrête;
car je me pique de quelque délicatesse.

SPINETTE.

Et mort de ma vie, grossier! Et moi je
vous dis qu'il a autant d'esprit qu'un autre,
mais qu'il ne veut s'en servir qu'à sa com-
modité.

SCENE IX.

ARMIDAS, SPINETTE, AMINTE, ARLEQUIN.

ARMIDAS.

QUe nous veux-tu, Arlequin ?

ARLEQUIN.

Je venois, ne vous en déplaise, Monsieur, m'acquitter d'une petite commission auprès de Mademoiselle Aminte.

AMINTE.

Eh bien, de quoi s'agit-il ?

ARLEQUIN.

Oh mais je n'oserois parler à cause de Monsieur ; cependant comme je suis hardi de mon naturel, si vous me laissez faire, j'aurai bientôt dit.

ARMIDAS.

Parle ; voilà qui est bien misterieux.

ARLEQUIN.

C'est que j'ai des louis d'or dans ma poche à qui j'ai promis de vous recommander Monsieur Richard, ma belle Demoiselle.

SPINETTE.

Oh vraiment, à propos, ses liberalités se

sont aussi étenduës sur Arlequin.

ARLEQUIN.

Il m'a fait l'honneur de me demander ma protection auprès de vous, & ma foi il l'a bien payée ce qu'elle vaut.

ARMIDAS.

Cela est étonnant.

ARLEQUIN.

C'est lui qui m'a payé les gages que Monsieur Ergaste me doit, cela est bien honnête.

SPINETTE.

J'étois témoin de tout ce qu'il vous dit-là.

ARLEQUIN.

Je l'épouse aussi, moi, cela est résolu.

ARMIDAS.

Qu'appelles-tu, tu l'épouses?

ARLEQUIN.

Oui, je me donne à lui; il m'a déja fait les présens de nôce.

ARMIDAS.

Ma Niéce, il ne faut point que cet homme-là vous échape.

ARLEQUIN.

Il vous aime comme un perdu; il est drôle, bouffon, gaillard, il dit toujours tiens, prends, & ne dit jamais rends; il a une face de jubilation; tenez, le voilà lui-même, voyez-le plûtôt. Mais il m'a donné une commission, j'y vais.

SCENE X.

PLUTUS, ARMIDAS, SPINETTE, AMINTE.

PLUTUS.

EH bien, sommes-nous en joye ; ma Reine. Mais comment faites-vous donc ? Vous êtes encore plus belle que vous n'étiez tout-à-l'heure. Ergaste vous fait là-haut des vers, chacun a sa Poësie , & voilà la mienne.

SPINETTE.

Une rime à ces vers-là seroit bien riche.

PLUTUS.

Oh, nous rimerons , nous rimerons ; j'ai la rime dans ma poche

AMINTE.

Ah ! Monsieur, des vers , une chanson se reçoivent , mais pour un bracelet de cette magnificence, ce n'est pas de même.

PLUTUS.

Les vers se lisent , & cela se met au bras; voilà toute la difference : présentez le bras , ma Déesse.

AMINTE.

Monsieur , en verité ce seroit trop...

ARMIDAS.

Maniéce , je vous permets de l'accepter.

PLUTUS.

Voilà le premier oncle du monde ; tenez,
j'ai donné mon cœur, & quand cela est parti, le reste ne coûte plus rien à déménager ;
car je vous aime, il n'y a que moi qui puisse
aimer comme cela ; & cela ira toujours en
augmentant. Quel plaisir ! Goûtez-en un peu,
mon adorable, je suis le meilleur garçon du
monde ; j'apprendrai à faire des Sornettes, des
Vaudevilles, des Couplets ; j'ai bon esprit,
mais je n'aime pas à le gêner, il n'y a que
mon cœur que je laisse aller. Il va à vous,
prenez-le, ma charmante, & en attendant
placez ce petit Bracelet.

SPINETTE.

Peut-on s'expliquer de meilleur grace ?

AMINTE.

En verité je vous trouve bien pressant.

PLUTUS.

Là, dites-moi comment vous me trouvez ?

AMINTE.

Mais, je vous trouve bien.

PLUTUS.

Tant mieux, je m'en doutois un peu :
m'aimeriez-vous aussi ? Mon humeur vous
revient-elle ? On fait de moi ce que l'on veut.
Vous serez si heureuse, vous aurez tant de
bon temps, que vous n'en sçaurez que faire.
Allons, est-ce marché fait ? Je suis pressé,

car vos yeux vont si vîte en besogne. Fi-
nissons-nous, mon oncle ? Mettons-nous à
genoux devant elle ? Spinette, à notre secours !

ARMIDAS.

Rends-toi, ma Niéce ; peux-tu trouver
mieux ?

SPINETTE.

Ma Maîtresse, ma chere Maîtresse, ayez
pitié de l'amour de cet honnête homme.

PLUTUS.

Je vous en conjure avec cent mille écus
que j'ai porté sur moi pour échantillon de
ma cassette. Tenez, prenez-les, vous les
examinerez vous-même.

SPINETTE.

Peut-on faire fumer un plus bel encens ?

AMINTE.

Mais vous m'accablez. (*à part*) Je veux
mourir si je suis la Maîtresse de dire non. Il
y a dans ses manieres je ne sçai quoi d'enga-
geant qui vous entraîne. (*haut*) Il est plusieurs
sortes de mérites, & vous avez le vôtre,
Monsieur ; mais que deviendroit Ergaste ?

PLUTUS.

Eh bien, il partira, & je lui payerai son
voyage.

ARMIDAS.

Le voilà qui arrive avec sa chanson.

SPINETTE.

Ce sont-là ses millions à lui.

ARMIDAS.

Que Diable, avec sa musique, on a bien affaire de cela.

SCENE XI.

PLUTUS, ARMIDAS, SPINETTE; AMINTE, APOLLON.

APOLLON.

LA, là; là. Je prélude, Madame, & voici des Acteurs pour executer la Piéce. Monsieur Armidas, vous serez bien aise d'entendre cela; je le crois joli, pas tout-à-fait si amusant que la conversation de Monsieur Richard, mais n'importe.

SPINETTE.

La conversation de Monsieur Richard est magnifique.

ARMIDAS.

Et soutenue d'un bout à l'autre.

PLUTUS.

Grand-merci, notre oncle, je la soutiendrai toujours de même; qu'en dites-vous, ma Reine? Etes-vous de leur avis?

AMINTE.

Assurément.

ERGASTE.

Il vous ennuyoit , je gage , & je suis venu bien à propos.

AMINTE.

Voyons donc votre musique.

ERGASTE.

Allons , Messieurs, commencez.

SCENE XII.

**PLUTUS, ARMIDAS, SPINETTE,
AMINTE , APOLLON, Chanteurs
& Danseurs.**

On danse.

AIR.

Dieu des Amans ne crains plus désor-
mais
    Qu'on puisse échaper à tes armes ;
Je vois dans ce séjour un objet plein de
   charmes ,
Où tu pourras trouver d'inimitables traits.
    Que de triomphes & d'hommages
    Tu vas devoir à ses beaux yeux !
    On ne verra plus en ces lieux
    D'indifférens ni de volages.
       On danse.

ERGASTE.

Il semble que cela n'ait point été de votre goût, Monsieur Armidas.

ARMIDAS.

Oh, ne prenez point garde à moi, toute la musique m'ennuye.

SPINETTE.

Elle commençoit à m'endormir.

ERGASTE.

Et vous, Madame, vous a-t-elle déplû?

AMINTE.

Il y a quelque chose de galant, mais l'execution m'en a paru un peu froide.

PLUTUS.

C'est que les Musiciens ont la voix enrouée, il faut un peu graisser ces gosiers-là.

ERGASTE.

Doucement, il n'est pas besoin que vous payiez mes Musiciens.

UN MUSICIEN.

Comment, Monsieur, c'est un présent que Monsieur nous fait; que vous importe? vous ne nous en payerez pas moins, & il ne tient qu'à vous de le faire tout-à-l'heure.

PLUTUS.

C'est bien dit, contente-les si tu peux: J'ai aussi une fête à vous donner, moi, & une musique qui se mesure à l'aune; j'attens ceux qui doivent y danser.

SCENE XIII.

PLUTUS, ARMIDAS, SPINETTE ; AMINTE, APOLLON, ARLEQUIN.

ARLEQUIN.

Monfieur....

ERGASTE.

Que veux-tu ? Y a-t-il quelque chofe de nouveau ?

ARLEQUIN.

Oui, Monfieur, mais cela ne vous regarde point ; je viens dire à Monfieur Richard que les Muficiens qu'il a mandés feront ici dans un moment.

ERGASTE.

Je voudrois bien fçavoir de quoi tu te mêles ; font-ce-là tes affaires ?

PLUTUS.

Monfieur Armidas, vous allez entendre une drôle de mufique.

ARMIDAS.

Je la crois curieufe.

PLUTUS.

Des fons moëlleux, magnifiques, une harmonie qui fait danfer tout le monde ; il n'y a perſonne qui n'ait de l'oreille pour cette muſique-là.

ARMIDAS.

J'ai grande envie de l'entendre.

SPINETTE.

Je m'en meurs d'impatience.

LE MUSICIEN.

Cela n'empêchera pas, Monſieur, ſi vous voulez, que nous ne vous donnions tantôt un petit divertiſſement à votre honneur & gloire.

PLUTUS.

Ouidà, cela ne gâtera rien, & vous vous joindrez à mes Danſeurs que je vois entrer.

ARMIDAS *après l'Entrée des quatre Portes Balles.*

Je vous avoue, Monſieur, que je n'ai point encore entendu de ſymphonie de ce gout-là.

PLUTUS.

Ce qu'il y a de commode, c'eſt que ce-là ſe chante à livre ouvert.

ARLEQUIN.

Voilà ma chanſon à moi, & je déloge.

PLUTUS.

Allez porter toutes ces muſiques là chez Monſieur Armidas. Hé bien, Mademoi-ſelle, qu'en dites-vous ?

ERGASTE.

Ces airs-là ſont-ils auſſi de votre goût, Mademoiſelle ?   ARMIDAS.

ARMIDAS.

Elle seroit bien difficile.

ERGASTE.

Vous ne dites rien. Ah ! je ne vois que trop ce que ce silence m'annonce ! Qui vous auroit crû de ce caractére, ingrate que vous êtes !

PLUTUS.

Ah, ah ! tu te fâches.

AMINTE.

Mais, en effet, je vous trouve admirable, d'en venir avec moi aux invectives ; qu'appellez-vous ingrate ?

ERGASTE.

Perfide, estce-là les fruits de tant de soins ? Méritez-vous tant d'amour ?

PLUTUS.

Oh que voilà qui est cromatique ; faisons une petite fugue, ma Reine, allons nous-en.

ARMIDAS.

Allons, ma niéce, c'est trop s'amuser ; suis-moi.

PLUTUS.

Et allons, separez-voûs bons amis, & ne vous revoyez jamais, il n'y a rien de si beau que les bienséances : croi-moi, Ergaste, ne te fâche que dans un sonnet, ou bien pour te consoler, va composer un Opera, cela te vaudra toujours quelque chose.

D

SCENE XIV.

ERGASTE, ARMIDAS.

ERGASTE.

ARrêtez. Etes-vous de moitié dans l'affront que l'on me fait ? Approuvez-vous le procedé de Mademoiselle votre Niéce ?

ARMIDAS.

Mais.... C'est une fille assez raisonnable, comme vous sçavez.

ERGASTE.

Vous m'avez pourtant fait esperer....

ARMIDAS.

Espérer ! Et quand cela ? Je ne me souviens de rien.

ERGASTE.

Qu'entends-je ! Est-ce-là tout ce que vous avez à me dire ?

ARMIDAS.

Tenez , vous êtes aujourd'hui de mauvaise humeur ; nous aurons le temps de nous revoir. Vous ne partez pas ce soir, à demain.

SCENE XV.

ERGASTE, SPINETTE, ARMIDAS.

SPINETTE *à Armidas.*

Monsieur, on vous attend.

ARMIDAS.

J'y vais. (*à Ergaste.*) Votre valet très-humble. (*Il s'en va.*)

ERGASTE.

Spinette, de grace un petit mot.

SPINETTE.

Je n'ai guére le temps, au moins.

ERGASTE.

Quoi, Spinette, où en sommes - nous donc ? M'abandonne-tu aussi ? Tu avois tant de bonté pour moi.

SPINETTE.

Bon, vous étiez bien riche ; mais je crois qu'on m'appelle, je suis votre servante.

ERGASTE.

Oh parbleu, tu me diras la raison de tout ce que je vois.

SPINETTE.

Et que voyez-vous donc de si rare ?

ERGASTE.

Que ta Maîtresse me fuit ; que tout le monde m'abandonne.

SPINETTE.

Je ne sçai pas le remede à cela.

ERGASTE.

Monsieur Richard est donc Maître du champ de bataille ?

SPINETTE.

Je ne vous entends point : Où donc est ce champ de bataille ?

ERGASTE.

Tu ne m'entends point. Ignore-tu de quel œil nons nous regardons ta Maîtresse & moi ?

SPINETTE.

Hé ! Vous me faites perdre ici mon temps; le dîner est prêt : est-ce que vous n'en êtes point ? J'en suis bien fâchée. Adieu, Monsieur, un peu de part dans vos bonnes graces.

ARLEQUIN.

Spinette, on va servir.

SCENE XVI.

ERGASTE, ARLEQUIN.

ERGASTE.

AH! mon pauvre Arlequin, approche, je suis au désespoir.

ARLEQUIN.

Et moi, j'ai une faim canine.

ERGASTE.

Que dis-tu de ce qui se passe aujourd'hui à mon égard ?

ARLEQUIN.

Mais je n'ai rien vû passer de nouveau ; je ne sçai ce que vous voulez dire.

ERGASTE.

Veux-tu faire aussi l'imbécille avec moi?

ARLEQUIN.

A qui en avez-vous donc ? Mon Maître m'attend, dépêchez.

ERGASTE.

Ton Maître ! Eh qui l'est donc, si ce n'est moi ?

ARLEQUIN.

Je vous ai servi, moi !

ERGASTE.

Comment, misérable, avec qui es-tu venu ici ?

ARLEQUIN.

Cela est vrai, nous nous tenions compagnie dans le chemin.

ERGASTE.

Quoi ! il n'y a pas jusqu'à mon valet qui me méconnoisse !

ARLEQUIN.

Attendez, attendez, j'ai quelque souvenir éloigné d'avoir autrefois servi un certain Monsieur..... Aidez-moi, aidez-moi, Monsieur Orga, Orga, Er, Er, Ergaste, oui, Ergaste.

ERGASTE.

Coquin !

ARLEQUIN.

Non, ce n'étoit pas un coquin, c'étoit un fort honnête homme qui ne payoit pas ses gens. Oh nous avons changé tout cela, & je l'ai troqué contre un certain Monsieur Richard qui habille & paye encore mieux. Oh cela vaut mieux que Monsieur Ergaste. Adieu, Monsieur. Si vous le voyez, dites-lui que je me recommande à lui. Le pauvre homme.

ERGASTE.

L'Insolent !

SCENE XVII.

ERGASTE, UN MUSICIEN, SPINETTE.

LE MUSICIEN.

LE Seigneur Richard n'est-il pas dans la maison, Monsieur?

ERGASTE.

Ah! Monsieur, je suis bien aise de vous trouver. Je vous avois ordonné une Fête pour ce soir, mais il ne s'agit plus de cela; ainsi, je vous dégage.

LE MUSICIEN.

Oh, Monsieur, nous ne songions pas seulement à vous, nous avons autre chose en tête. C'est Monsieur Richard qui nous employe, & que nous cherchons.

ERGASTE.

Il ne manquoit plus que ce trait pour achever ma défaite, & me voilà pleinement convaincu que l'or est l'unique divinité à qui les hommes sacrifient.
(On frappe.)

SPINETTE.

Qui est là?

LE MUSICIEN.

C'eft pour le divertiffement que Monfieur Richard nous a demandé.

SPINETTE.

Je m'en vais faire defcendre la compagnie.

ERGASTE.

Puifque les voilà tous qui fe rendent ici, ar-
rêtons un moment pour leur faire voir la
honte de leur choix.

SCENE XVIII & dern.

APOLLON, PLUTUS, ARMIDAS, AMINTE, ARLEQUIN, SPINETTE, UN MUSICIEN.

APOLLON.

PLutus, vous l'emportez fur Apollon ;
mais je ne fuis point jaloux de votre
triomphe. Il n'eft point honteux pour le
Dieu du mérite d'être au-deffous du Dieu
des vices dans le cœur des hommes.

PLUTUS.

Hé, hé, hé, que le voilà beau garçon
avec fon mérite.

ARMIDAS.

ARMIDAS.

Que signifie ce que nous venons d'entendre ?

PLUTUS.

Cela signifie qu'Ergaste est Appollon, &
moi Plutus, qui lui a escroqué sa Maîtresse.
Ne vous allarmez pas, je vous laisse les présens que je vous ai faits. Vous vous passe-
rez bien de moi avec cela, n'est-ce pas ?
Adieu la compagnie, vous êtes de bonnes
gens ; vous m'avez fait gagner la gageure,
& je vais bien faire rire l'Olimpe de cette
avanture. Allons, divertissez-vous, les Musiciens sont payés, la Fête est prête, qu'on
l'execute.

DIVERTISSEMENT.

AIR.

Dieu des Tresors, quelle est ta gloire ?
  Tout l'Univers encense tes Autels.
Les attraits, sur tes pas, font valoir la vic-
  toire,
Et tu fais, à ton gré, le destin des mortels.
    Que le Dieu de la guerre
    Soit prêt à lancer son tonnerre ;
      Il s'arrête à ta voix :
Et si l'amour régne encore sur la terre,
Il doit, à ton secours, sa gloire & ses ex-
  ploits. (*On danse.*)   E

VAUDEVILLE.

LE CHANTEUR.

N'Attendez pas qu'ici l'on vous révére,
Si Plutus n'est votre Dieu turélaire.
> Sans son pouvoir
> Tout le sçavoir
> Que l'on fait voir
> Ne peut valoir.
Rien ne répond à notre espoir,
> Le temps n'y peut rien faire.
Mais quand on tient ce métal salutaire,
> Tout ce qu'on dit
> Charme & ravit,
> Chacun nous rit,
> Tout réussit.
Veut-on Charge, honneur ou crédit,
Un jour en fait l'affaire.

APOLLON.

Dans ce séjour on met tout à l'enchere,
Rien ne se fait sans la part du salaire.
> Valets, Portiers,
> Clercs & Greffiers,
> Commis, Fermiers,
> Sont sans quartiers,
On a beau gémir & crier,
> Le temps n'y peut rien faire.
Mais si l'on joint l'argent à la priere,

Le plus rétif,
Le plus tardif
Devient actif,
Expéditif,
Tout est vif, exact, attentif;
Un jour finit l'affaire.
LE CHANTEUR.
Loin de ces lieux une tendre Bergere
S'en tient au choix que son cœur lui suggere;
Fut-ce un Midas,
Pour les ducats,
S'il ne plaît pas,
Il perd ses pas;
De tous ses biens on ne fait cas;
Le temps n'y peut rien faire.
De nos beautés la maxime est contraire;
Fut-ce un Palot,
Un Idiot,
Un maître sot;
Un ostrogot,
S'il est pourvû d'un bon magot,
Un jour finit l'affaire.
AMINTE.
Loin de ces lieux une riche héritiere
N'est point l'objet qu'un amant considere:
Sagesse, honneur,
Vertu, douceur,
Sont de son cœur
L'attrait vainqueur;
Ses feux ont toûjours même ardeur,

Le temps n'y peut rien faire.
De nos Amans la maxime est contraire,
        Bons revenus,
        Contrats, écus,
        Sur les vertus
        Ont le dessus,
De tels nœuds sont bientôt rompus,
Un jour en fait l'affaire.

LE CHANTEUR.

Sans dépenser c'est envain qu'on espere
De s'avancer au Pays de Cythere.
        Mari jaloux,
        Femme en courroux,
        Fermant sur nous
        Grille & verroux,
Le chien nous poursuit comme loups,
        Le temps n'y peut rien faire.
Mais si Plutus entre dans le mistére,
        Grille & ressort
        S'ouvrent d'abord,
        Le chien s'endort,
        Le mari sort,
Femme & Soubrette sont d'accord,
Un jour finir l'affaire.

ARLEQUIN.

Lorsqu'un Auteur, instruit dans l'art de plaire,
Trouve des traits ignorés du vulgaire,
        On l'applaudit,
        On le chérit;
        Grand & petit

En font récit,
Le temps n'y peut rien faire
Si l'on ne fuit qu'une route ordinaire,
Le Spectateur,
Fin connoiſſeur
Contre l'Auteur
Eſt en rumeur,
La Piéce meurt malgré l'Acteur :
Un jour en fait l'affaire.

F I N.

PRIVILEGE DU ROY.

LOUIS, par la grace de Dieu, Roy de France & de Navarre : A nos amez & féaux Conseillers les Gens tenans nos Cours de Parlement, Maîtres des Requêtes ordinaires de nôtre Hôtel, Grand Conseil, Prevôt de Paris, Baillifs, Sénéchaux, leurs Lieutenans Civils & autres nos Justiciers qu'il appartiendra, SALUT. Notre bien amé PIERRE PRAULT, Libraire-Imprimeur de nos Fermes & Droits à Paris, Nous ayant fait remontrer qu'il souhaiteroit faire imprimer ou imprimer & donner au Public, *La Bibliotheque de Campagne, ou Recueil d'Avantures choisies, Nouvelles, Histoires, Contes, Bons mots, & autres Pieces, tant en Prose qu'en Vers, pour servir de récréation à l'esprit, en six volumes : Le Livre des Enfans & le Glaneur François,* s'il Nous plaisoit lui accorder nos Lettres de Privilege sur ce nécessaires; offrant pour cet effet de le faire imprimer ou imprimer en bon papier & beaux caracteres, suivant la feüille imprimée & attachée pour modele sous le contre-scel des Présentes, A CES CAUSES, voulant traiter favorablement ledit Exposant, Nous lui avons permis & permettons par ces Présentes, de faire imprimer ou imprimer lesdits Livres ci-dessus specifiés, en un ou plusieurs volumes, conjointement ou séparément, & autant de fois que bon lui semblera, sur papier & caracteres conformes à ladite feuille imprimée & attachée sous notredit contre-scel, & de les vendre, faire vendre & débiter par tout notre Royaume, pendant le tems de six années consecutives, à compter du jour de la datte desdites Présentes; faisons défenses à toutes personnes de telle qualité & condition qu'elles soient, d'en introduire d'impression étrangere dans aucun lieu de notre obéïssance; comme aussi à tous Libraires, Imprimeurs & autres, d'imprimer, faire imprimer, vendre, faire vendre, débiter ni contrefaire lesdits Livres ci-dessus exposés en tout nien partie, ni d'en faire aucuns Extraits, sous quelque prétexto

que ce soit, d'augmentation, changement de titre, même
en feuilles separées, ni d'impression étrangere ou autre-
ment, sans la permission expresse & par écrit dudit Exposant, ou de ceux qui auront droit de lui, à peine de con-
fiscation des Exemplaires contrefaits, de six mille livres
d'amende contre chacun des contrevenans, dont un tiers
à Nous, un tiers à l'Hôtel-Dieu de Paris, l'autre tiers
audit Exposant, & de tous dépens, dommages & interêts;
à la charge que ces Présentes seront enregistrées tout au
long sur le Registre de la Communauté des Libraires &
Imprimeurs de Paris, dans trois mois de la datte d'icelles;
Que l'impression de ces Livres sera faite dans notre Royaume, & non ailleurs, & que l'Impetrant se conformera
en tout aux Reglemens de la Librairie, & notamment à
celui du 10 Avril 1725. & qu'avant de l'exposer en vente,
les Manuscrits ou imprimés qui auront servi de copie à l'impression desdits Livres, seront remis dans le même état où
l'Approbation y aura été donnée, ès mains de notre très-
cher & feal Chevalier Garde des Sceaux de France le Sieur
Chauvelin, & qu'il en sera ensuite remis deux Exemplaires dans notre Bibliotèque publique, un dans celle de
notre Château du Louvre, & un dans celle de notre très-
cher & feal Chevalier Garde des Sceaux de France le Sieur
Chauvelin: le tout à peine de nullité des Présentes: Du
contenu desquelles vous mandons & enjoignons de faire
joüir l'Exposant ou ses ayans cause, pleinement & pai-
siblement, sans souffrir qu'il leur soit fait aucun trouble
ou empêchement. Voulons que la copie desdites Présentes,
qui sera imprimée tout au long au commencement ou à la
fin desdits Livres, soit tenuë pour düement signifiée, &
qu'aux copies collationnées par l'un de nos amez & feaux
Conseillers-Secretaires, foi soit ajoûtée comme à l'Original: Commandons au premier notre Huissier ou Sergent
de faire pour l'execution d'icelles tous Actes requis & ne-
cessaires, sans demander autres permissions, & nonobstant
clameur de Haro, Chartre Normande, & Lettres à ce
contraires; Car tel est notre plaisir. Donné à Versailles le
seiziéme jour du mois de Mars l'an de grace mil sept cent
trente-sixe & de notre Regne le vingt-uniéme. Par le Roy
en son Conseil. Signé, SAINSON.

*Registré sur le Registre IX. de la Chambre Royale des
Libraires & Imprimeurs de Paris, No. 264. Fol. 241. con-
formément aux anciens Reglemens confirmés par celui du 28.
Février 1723. A Paris, le 24 Mars 1736.*
Signé, G. MARTIN, Syndic.

LE TRIOMPHE

DE

L'AMOUR,

COMEDIE.

A PARIS,

Chez PRAULT pere, Quay de Gêvres,
au Paradis.

―――――――――――

M. DCC. LIV.

Avec Approbation & Privilége du Roy.